Please return to
Centre d'appui familial
#100 - 4800 Richard road SW
Calgary AB - T3E 6L1
403-249-0525 poste 6

Les éditions de la courte échelle inc.

Guy Lavigne

Né à Trois-Rivières, Guy Lavigne a exercé plusieurs métiers, dont celui de libraire. Aujourd'hui, en plus d'écrire, il accompagne, en tant que guide touristique, des voyageurs curieux aux quatre coins de la planète.

Grand amateur d'intrigues policières, il a publié quatre polars pour les adolescents, dans la collection Roman+ de la courte échelle. Quant à sa série Contes montréalais, elle se déroule en milieu urbain, car Guy Lavigne aime l'univers de la ville. Il affectionne particulièrement le quartier du Plateau-Mont-Royal où il a habité longtemps. Guy Lavigne est également l'auteur d'un roman policier pour adultes, *Zut, c'est pas juste!,* et de plusieurs nouvelles.

Réal Godbout

Réal Godbout est né à Montréal en 1951. Il s'est fait connaître grâce au magazine *Croc,* pour lequel il a été dessinateur et coscénariste des séries *Red Ketchup* et *Michel Risque.* Sa spécialité, c'est la bande dessinée, mais il travaille aussi pour la publicité, pour certains magazines et parfois en édition scolaire. Il réalise également des scénarios-maquettes de dessins animés.

Avant de s'installer dans un petit village du Québec, Réal Godbout habitait le Plateau-Mont-Royal. Il connaît donc bien l'ambiance de ce quartier animé de Montréal!

Du même auteur, à la courte échelle:

Collection Roman Jeunesse

Série Contes montréalais:
Dans la peau de Bernard
La maison du pendu

Collection Roman+

Série Les dossiers de Joseph E.:
L'obsession de Jérôme Delisle
Mourir sur fond blanc
Pas de quartier pour les poires
La foire aux fauves

Guy Lavigne
LES RISQUES DU VOYAGE

Illustrations
de Réal Godbout

Les éditions de la courte échelle inc.

Les éditions de la courte échelle inc.
5243, boul. Saint-Laurent
Montréal (Québec) H2T 1S4

Conception graphique:
Derome design inc.

Révision des textes:
Lise Duquette

Dépôt légal, 3e trimestre 1999
Bibliothèque nationale du Québec

Copyright © 1999 Les éditions de la courte échelle inc.

La courte échelle bénéficie de l'aide du ministère du Patrimoine canadien dans le cadre de son Programme d'aide au développement de l'industrie de l'édition. La courte échelle est aussi inscrite au programme de subvention globale du Conseil des Arts du Canada et bénéficie de l'appui du gouvernement du Québec par l'intermédiaire de la SODEC.

Données de catalogage avant publication (Canada)

Lavigne, Guy

  Les risques du voyage

  (Roman Jeunesse; RJ84)

  ISBN: 2-89021-354-4

  I. Godbout, Réal. II. Titre. III. Collection.

PS8573.A854R57   1999   jC843'.54   C99-940512-8
PS9573.A854R57   1999
PZ23.L38Ri   1999

À Danielle E.

*Merci pour leurs conseils
et encouragements à
Alain Lamoureux, ainsi
qu'à M.P.L. et D.E.*

Introduction

C'est toujours pareil, je ne suis pas sûr de ce que je devrais faire quand les gars de ma classe m'appellent «le gros». Vous autres, comment réagissez-vous lorsque quelqu'un vous écoeure comme ça?

Des fois, j'en ris, surtout si certains se risquent à des trucs plus osés que «le dodu» ou «bouffi-la-patate». Mais, en général, leur imagination s'arrête là. C'est bien triste. Chose certaine, je ne me mettrai pas à pleurer devant eux, même si je trouve ça injuste de leur part.

Mon père me répète que je devrais les ignorer, faire comme si je ne les entendais pas, que l'on répond à la stupidité par le mépris. Mais ce n'est pas évident. J'aurais plutôt envie de leur sauter dans la face, de les écrabouiller un par un. Je suis assez fort pour m'occuper de chacun d'eux.

Ça non plus, ce n'est pas très évident. Premièrement, je suis contre la violence et, deuxièmement, ce sont mes amis.

Vous pensez probablement qu'avec des amis comme eux je n'ai pas besoin d'ennemis.

Pour leur défense, j'avoue qu'ils ne passent pas leur temps à me débiter des stupidités. N'empêche, chaque fois qu'ils s'y mettent, ça me rend tout croche.

Mon frère Claude voudrait que je fasse plus de sport. Mais je ne suis pas vraiment un sportif. Mamie, ma mère si vous préférez, prétend que mon embonpoint va se résorber avec l'adolescence. J'ai bien hâte de voir ça.

En attendant, par dérision, mes amis m'appellent Ti-Jean. Et s'ils m'embêtent trop, je m'arrange pour aller ailleurs. Oh! je ne pars pas en claquant la porte ou en bougonnant, ou quoi que ce soit de bébé.

Non, je guette le moment propice, puis, sans faire de bruit, je disparais. Et quand je me retrouve seul, j'en profite pour faire une des choses que j'aime le mieux: rêver aux pyramides d'Égypte, au Grand Canyon, à New York ou à d'autres endroits du monde.

Même si je n'ai jamais quitté la région de Montréal, j'aime beaucoup voyager, mais à ma façon. Mes parents, mon frère

Claude et mes tantes savent très bien que, s'ils veulent me faire plaisir, ils n'ont qu'à m'offrir un livre de géographie avec plein de photos et de cartes.

Je peux passer des heures le nez dans mes bouquins. Je raffole aussi des documentaires d'explorateurs diffusés sur le câble.

Bien à l'aise dans mon petit univers, je découvre le monde. Avec mes livres, ma télé et ma tête, la seule chose qui me manque, c'est d'être branché sur Internet. Mais ça viendra. Mon père m'a promis un ordinateur si je continue à avoir de bonnes notes. C'est super! Grâce à mon imagination, j'ai accès au monde entier sans me fatiguer.

J'ai ce genre de voyages dans le sang, et pas juste un peu. Il me suffit de voir sur une automobile une plaque de l'extérieur du Québec et, en rêverie, je décolle aussitôt pour le Nouveau-Brunswick ou l'Arkansas.

Mon point d'observation préféré, c'est le parc LaFontaine, le long de l'avenue Papineau. Il suffit d'examiner une carte routière pour s'apercevoir que cette avenue donne accès au pont Jacques-Cartier et à tout un réseau de routes et d'autoroutes qui s'éloignent de Montréal.

Il y a peut-être de meilleures places en ville pour m'installer... Mais comme je demeure rue de Bordeaux, qui est juste à côté du parc, je n'ai pas à travailler trop fort pour faire ce dont j'ai envie. C'est vrai que je suis un tout petit peu paresseux... Bof, personne n'est parfait.

Chapitre I
Les préparatifs

À bien y penser, tout a débuté là, au parc LaFontaine. C'était lundi de la semaine dernière, un de ces jours que j'appelle «journée youpi» parce qu'on n'a pas d'école, mais qui porte officiellement le nom farfelu de «journée pédagogique».

Marc, Jean-Louis, Adila, Casimir et moi avions traîné tout l'avant-midi chez la mère d'Antoine, où celui-ci habite une semaine sur deux. J'aime aller là parce que les murs du corridor sont couverts d'affiches d'agences de voyages. En plus, il y a dans le salon une télé avec un écran géant, stéréo et tout le tralala.

Sans compter que la mère d'Antoine est la plus belle de toutes les mères de mes amis. En fait, je devrais dire qu'elle est la plus sexy. Elle a l'air d'une chanteuse rock avec son collant en velours, ses cheveux courts bouclés, son maquillage et tout et tout.

Elle est peut-être la plus sexy, mais elle n'a pas la patience très longue. Il suffit d'un cri trop fort ou du moindre chamaillage, bing! bang! elle nous fout à la porte. Ce matin-là, tout s'était passé pas mal *cool* avec elle.

Le problème avait plutôt été entre Jean-Louis et moi. Lui, des fois, je ne le trouve pas très intelligent. Juste dans l'avant-midi, à trois reprises au moins, il m'avait traité de «grosse poire». Eh bien! celle-là, je la connais depuis la garderie. Vraiment, c'est trop facile: mon nom de famille, c'est Poirier.

S'il vous plaît, si vous voulez m'insulter, surprenez-moi: dites-moi un truc que je n'ai pas déjà entendu dix mille fois.

Gros, toujours gros… Pourquoi pas gigantesque, pansu, ventripotent, barrique, paquebot, supertanker, zeppelin, mammouth, baleine ou rorqual à bosse étant donné que j'ai les épaules un peu courbées.

Ou encore, pour faire plus instruit, traitez-moi de supersumo, d'adipeux, d'oléagineux, d'Himalaya-de-graisse; ou, plus familier, de défonce-plancher, d'écrase-chaise…

«Hé, Ti-Jean! Combien de kilomètres de cuir il faut pour te faire une ceinture? Si j'ai bien compris, ça va plus vite de t'escalader que de te contourner» et tout le tralala.

Grosse poire! Vraiment! Je vous jure, ça fait pitié à entendre. Pas besoin d'avoir lu ou vu Cyrano de Bergerac pour m'en sortir des nouvelles... En tout cas, ce n'est pas sur Jean-Louis qu'il faut compter pour avoir un peu d'imagination. Je ne vois pas ce que les filles lui trouvent à celui-là.

Je sais, cela peut surprendre que je m'appelle Poirier, tandis que mes parents, eux, se nomment Bélanger. Mais ça, je vous l'expliquerai plus tard.

Toujours est-il que, ce lundi-là, après avoir mangé chez moi, j'ai décidé de m'accorder un petit bout d'après-midi tranquille au parc LaFontaine, avant de rejoindre la bande qui avait loué des cassettes vidéo.

C'était un bel après-midi du début de mai avec un soleil gros comme ça. Mes narines se remplissaient d'agréables odeurs de pelouse tout juste débarrassée des cochonneries de l'hiver. N'empêche, je me sentais croche. Ces histoires de gros, ça finit toujours par me tanner.

Bien assis sur un banc, face à l'avenue Papineau, je venais de voir passer une voiture immatriculée en Ontario. Il s'agissait d'une énorme familiale avec les côtés peints pour faire accroire à du bois... Évidemment, dans ma tête, j'étais parti pour Toronto avec sa tour du CN qui est, au moment où je vous parle, la plus haute structure du monde.

Puis, j'avais plané vers les chutes du Niagara. Niagara, c'est un mot amérindien qui signifie «tonnerre de l'eau». J'imagine que ce nom leur vient du bruit assourdissant qu'elles font.

J'ai lu que douze millions de touristes vont les voir chaque année. J'en étais à m'imaginer la cohue provoquée par tant de monde lorsque j'ai senti quelque chose frôler le bas de ma jambe.

Un jeune chat effronté s'enroulait autour de ma cheville.

«Bering... Berrrnaorrrd.»

C'était un drôle de bruit entre le ronronnement et le miaulement. Je dois vous avouer que je n'ai jamais été gaga des minous ou des toutous. Mais celui-là, avec son côté sans-gêne, ne me laissait pas indifférent.

Je me suis penché pour lui rendre ses caresses. C'était un beau petit chat tout propre, bien affectueux et membre en règle de la race des ratons du Maine, tigré gris et noir, avec de grandes oreilles. Tout mignon.

Du coin de l'oeil, j'ai aperçu à quelques mètres sur ma gauche une femme qui m'examinait. Je n'y ai pas fait attention plus que ça. Dans mon coin, on voit toutes sortes de gens.

Quand elle s'est approchée de moi, j'ai remarqué qu'elle était pieds nus. Ça m'a surpris. On avait beau être en mai, le sol

était encore froid. Après tout, on n'est pas en Afrique équatoriale, ici.

En plus, à chaque pas qu'elle faisait, j'entendais des KETLING! KETLING! Ce n'étaient pas des clochettes qui sonnaient ainsi. Le son venait des dizaines de fins bracelets d'argent qu'elle portait aux poignets et aux chevilles et qui s'entrechoquaient au moindre mouvement.

Elle était habillée d'une ample robe noire imprimée de fleurs orangées et blanches. Des yeux bleus illuminaient son visage anguleux et plissé. J'avais le sentiment qu'elle m'était familière, sans pouvoir me rappeler où je l'avais déjà vue.

— Beau temps pour voyager, hein, mon Jean?

Qu'elle sache mon nom, et surtout ce qui se tramait au fond de moi, ça m'a cloué sur mon banc. Elle me regardait intensément. Je n'avais pas peur, j'étais plutôt abasourdi.

Je ne sais pas comment vous expliquer. Pendant un instant, autour de moi, les bruits de la circulation et le gazouillis des oiseaux se sont tus comme lorsque la bande sonore d'un film a un raté. J'eus la nette impression que la femme se baladait dans ma tête. On aurait pu croire à une touriste avertie en visite dans un musée: elle ne touchait à rien, mais voyait tout.

Pendant ce temps, moi, je restais paralysé. Présent à tout, mais incapable de bouger ou même d'évaluer la durée de tout ça. Quand je suis revenu à un état plus naturel, elle était assise à côté de moi sur le banc.

D'un bond, le chat grimpa sur ses genoux et offrit son ventre à cette espèce de sorcière qui le lui gratouilla d'un doigt. L'animal reprit ses «berinng» et ses «berrrnnnaooorrrd». M'avait-elle oublié? Hé non! Quelques secondes plus tard, elle s'est tournée vers moi.

— Tiens, mon beau petit gars, j'ai quelque chose pour toi.

Là, j'ai vraiment eu peur qu'elle veuille se débarrasser de son minou en me le refilant. J'aurais été trop gêné pour le refuser.

En plus, mes parents sont peut-être les plus fins du monde, pleins d'amour et tout le tralala, ils ne sont quand même pas très forts sur les animaux domestiques. Mon père, c'est le pire. Il serait du genre à appartenir au Front de libération des animaux ou à un truc semblable, je vous le jure.

Toujours est-il que la vieille femme déposa Berrnnord-Bering entre nous sur le banc. Une lueur taquine brillait dans ses yeux. Se moquait-elle de moi?

D'un des plis de sa robe de gitane, elle sortit une chaîne sur laquelle étaient enfilées de petites médailles rondes.

— Prends ça, je te le donne. Attention, j'aime mieux t'avertir que ça risque d'être plus embêtant qu'un petit chat.

Ce n'était pas que j'avais peur mais, tout de même, ce don qu'elle avait de toujours savoir à quoi je pensais commençait à me tomber sur les nerfs.

Au creux de ma main, le collier ne pesait pas très lourd. La chaîne ressemblait à celles qui servent à attacher le bouchon de l'évier au robinet. Chaque médaille n'était pas plus grosse qu'un dix cents, et il y en avait six en tout, de couleur caramel et plus ou moins translucides. S'agissait-il de plastique ou d'un machin qui s'appelle de l'ambre? En tout cas, je ne connais pas assez ça pour vous le dire.

En les touchant, je sentais qu'on y avait gravé quelque chose. On aurait dit un

oiseau comme ceux que dessinent les Amérindiens haïdas de la Colombie-Britannique. Je n'arrivais pas à savoir si ça représentait un corbeau ou un aigle.

— C'est pour voyager, a-t-elle ajouté.

Je me suis demandé ce que je pouvais bien faire là, sur un banc de parc, à écouter une vieille folle qui se payait ma tête. Oui, j'avais la désagréable impression qu'elle voulait me jouer un tour.

Elle prit le collier de mes mains et l'attacha à mon cou.

— Ne l'enlève plus. Avant de t'endormir, prends les médailles dans ta main gauche, celle du coeur, et songe très fort à un lieu que tu aimerais visiter.

— Et, ZIP ZAP, j'y serai télétransporté comme dans les films de science-fiction…

À mon tour, je voulais me moquer d'elle. Cependant, ma blague tomba à plat. Quelques petites rides se formèrent autour de ses yeux. C'est ce qui lui tenait lieu de sourire, j'imagine.

— Pas tout à fait, mais presque. Dans ton rêve, tu y seras vraiment. Tu y seras à la même heure à laquelle tu t'endors. Cela se produira pour vrai, mais de façon immatérielle.

Je croyais entendre ma tante Micheline avec ses histoires de voyages astraux. J'ai pensé que, dans deux minutes, la vieille folle allait me faire un discours sur le gourou Truc-machin. Holà! Pas question de ça avec moi, madame! Ma tante Micheline me suffit amplement.

Elle est bien fine, ma tante, mais tous les trois mois elle découvre enfin la vérité avec un grand V. Chaque fois, on en a pour des semaines à se faire chauffer les oreilles avec l'amour infini et la grande révélation, les cristaux ou bien la numérologie, et tout le tralala des sectes. Elle n'est pas reposante, ma tante!

Durant quatre ou cinq secondes, le menton collé à ma poitrine, j'examinai le collier autant des yeux que du bout des doigts. En tout cas, j'étais loin des «grosses poires» de Jean-Louis. Et c'était tant mieux, me suis-je dit.

Finalement, j'ai lâché le collier pour demander à la femme pourquoi elle me l'avait offert. Mais elle n'était déjà plus là. En plissant les yeux, je l'ai vue au bout du parc, près de la rue Rachel. Comment avait-elle fait pour se rendre si loin en si peu de temps?

Chose certaine, je n'allais pas me mettre à sa poursuite. Je suis trop pataud pour courir aussi vite. J'ai glissé le collier sous mon tee-shirt et je me suis levé pour rejoindre la bande qui regardait des vidéos chez la mère d'Antoine. Et j'ai oublié tout ça.

Chapitre II
Premier départ

Ce n'est que le soir venu, en me déshabillant pour prendre ma douche, que je me suis souvenu de la vieille femme et de son paquet de médailles. Je me suis fait la réflexion que c'était sûrement une détériorée du cerveau, celle-là, avec ses voyages astraux.

Pour être tout à fait franc avec vous, j'ai pensé à elle à quelques reprises dans la journée, mais j'ai préféré faire comme si de rien n'était, et surtout pas question d'en parler à qui que ce soit. J'avais bien trop peur qu'on se moque de moi.

Il me suffisait d'imaginer Jean-Louis pour entendre des «grosse poire astrale» ou d'autres inepties toutes aussi brillantes auxquelles je ne tenais pas.

Cependant, à l'heure du dodo, heure parfaite pour penser aux machins bizarres, tout ça prenait une autre perspective. De toute façon, tenter l'expérience avec le truc de la vieille sorcière ne voulait pas dire que j'y croyais.

On raconte bien, comme ça, qu'il ne faut pas être treize à table ou qu'on aura la visite d'une femme si on échappe une fourchette par terre. Sans oublier toutes ces niaiseries avec les chats noirs, les vendredis treize ou les trèfles à quatre feuilles. Alors, pourquoi ne pas essayer avec les médailles, juste pour voir?

Je pris donc le premier livre qui me tomba sous la main, un guide de voyage abondamment illustré sur le Sud-Ouest américain. Je l'avais emprunté à la bibliothèque du Plateau-Mont-Royal.

Je l'ouvris au hasard sur une photo d'une tour de guet d'inspiration anasazis, des Amérindiens qui ont disparu il y a cinq ou six cents ans. La construction s'élève à neuf ou dix mètres sur le bord du versant sud du Grand Canyon. L'endroit se nomme exactement Desert View.

Connaissez-vous le Grand Canyon? C'est une immense rigole creusée par le fleuve Colorado sur les plateaux boisés de Kaibab, en Arizona. Le fleuve a mis dix millions d'années à graver ce fossé qui serpente sur plus de quatre cents kilomètres, et qui atteint trente kilomètres de largeur et mille six cents mètres de profondeur. Méchante rigole, n'est-ce pas?

On prétend qu'il s'agit d'une des plus belles merveilles naturelles du monde. C'était ce qu'il y avait de mieux pour tenter l'expérience de la vieille femme.

J'ai examiné attentivement la photo pour en avoir une vision nette. Une fois la lumière de ma chambre éteinte, bien installé dans mes draps, j'ai pris dans ma main gauche le petit paquet de médailles.

Une partie de mon esprit était occupée à visualiser Desert View, tandis qu'une autre se moquait de moi et des trucs de sorcière de la vieille femme.

Comme d'habitude, le sommeil vint engourdir peu à peu chacun de mes membres. Les médailles, si légères au début, pesaient de plus en plus dans ma main. Je crois que, au moment de m'endormir, épuisée par l'effort, ma main les échappa.

— Bering berrnooorrrd.

J'étais debout sur une vieille malle au milieu du vide total. J'ai regardé d'où venait ce drôle de bruit et j'ai vu un jeune chat se frotter contre mes chevilles. C'était le même chat que j'avais rencontré l'après-midi. En peu de temps, la bête s'allongea comme un accordéon.

L'animal s'enroula autour de mes jambes, puis de ma taille, on aurait dit un serpent à poils et à tête de fauve avec des canines longues comme des poignards.

— Où vas-tu, jeune garnement?

C'était l'espèce de chat qui me parlait, mais avec la voix de la vieille sorcière! Mon petit coeur pompait tellement que je n'avais plus de souffle. La bête m'écrasait la poitrine et sa face hideuse se balançait devant la mienne. Ses yeux de braise me lançaient des éclairs aveuglants. J'allais suffoquer.

J'ai songé que tout ça était absurde et que j'étais très loin d'où je voulais me rendre. Alors, le vide autour de moi éclata comme une boule de cristal fin. Haletant, je me suis retrouvé sur la terrasse d'observation de Desert View, au bord du Grand Canyon.

Autour de moi, il y avait plein de touristes qui s'extasiaient en différentes langues, dont le français. C'était étourdissant. Je n'ai aucune idée de comment ça fonctionnait, mais j'étais sûr d'être là parmi eux, pour vrai, même s'ils ne me voyaient pas.

Une agréable odeur de résineux s'échappait des pins Ponderosa et des genévriers qui poussaient autour et pénétrait agréablement dans mes narines. Doux et constant, un vent chaud charriait dans ses replis quelques grains de sable en provenance de Painted Desert, à une vingtaine de kilomètres à l'est.

J'avais déjà vu en photo, ou dans un reportage filmé, toute cette région, cependant jamais avec autant de précision qu'à cet instant. Je pouvais tout voir autant à droite qu'à gauche et je distinguais parfaitement le fleuve Colorado et ses eaux boueuses au fond de l'abîme, à un kilomètre plus bas.

À l'ouest, le soleil collé à l'horizon étirait les ombres pendant que la chaleur du jour s'échappait. De minute en minute, les falaises rocheuses prenaient toutes les nuances du vert, du rouge et même du bleu.

J'étais pleinement conscient que je pouvais me déplacer à ma guise et me rendre au fond du canyon aussi rapidement que l'éclair. Mais le spectacle en constante évolution que j'avais devant moi me suffisait.

Bien que le soleil se couche sur le Grand Canyon tous les jours, le sentiment de vivre quelque chose d'unique, comme la création du monde, m'envahit.

Bientôt, un ciel piqué d'étoiles où trônait un croissant de lune recouvrit le décor

d'une couleur argentée. Tous les touristes avaient quitté l'endroit, et quelques grands cerfs vinrent prendre la relève. La chaleur avait aussi fui les lieux, et le froid m'engourdissait de plus en plus. Heureux, je me suis endormi devant le plus beau spectacle du monde.

L'odeur du bacon et des oeufs frits me réveilla.

— Mon beau Jano, lève-toi. Sinon, tu vas être en retard à l'école. C'est la dernière fois que je t'appelle.

Je n'étais pas au Grand Canyon, mais dans mon lit, et Mamie m'avait préparé mon petit-déjeuner, comme tous les matins.

Même si mon père est à la retraite, il se lève toujours pour déjeuner avec moi. Habituellement, c'est le moment de la journée où lui et moi discutons de tout et de rien: l'école, le baseball, les filles, l'injustice, la politique, l'amitié, l'amour, la vie, la mort. Entre nous, on appelle ça «nos petits-déjeuners-causeries».

Ce matin-là, la jasette me manquait. J'étais aussi frais que si j'avais passé la nuit sur la corde à linge. J'ai malgré tout réussi à poser une question à mon père.

— Est-ce que ça se peut, la magie? Tu sais, des affaires comme les voyages astraux et tout le tralala?

Il devait être en surdose de vitamine C parce qu'il est parti dans une longue tirade assez compliquée. Dans son discours, il était question de rationalité et de science, des naïfs trop crédules et de ceux qui les exploitent. Et aussi de l'autosuggestion qui vous fait voir ce que vous voulez absolument voir.

Après une gorgée de café, il a embrayé sur la difficulté d'accepter ce qu'on ne peut pas comprendre: le destin, la mort ou, par exemple, le feu pour l'homme des

cavernes. Mamie a ajouté son grain de sel en mentionnant la poésie et les contes où les choses s'expliquent par la magie, comme lorsque le méchant loup prend la parole.

En fait de parents, je crois bien que j'ai décroché le gros lot. Ces deux-là, bien qu'ils soient parfois vieux jeu, n'ont que de l'amour et du respect pour leurs enfants.

Vous avez peut-être remarqué que ni l'un ni l'autre n'avaient mentionné ma tante Micheline, qui est pourtant une vraie fanatique d'ésotérisme et autres espèces de magie. C'est parce que jamais ils n'oseront juger ou, pire encore, ridiculiser un de leurs enfants, même s'ils ne sont pas d'accord avec lui.

Vous avez bien lu, ma tante Micheline est la fille de mon père et de Mamie, comme ma tante Louise et mon frère Claude. Il n'y a que moi qui ne sois pas vraiment leur enfant.

Je me rends compte que je vous dois des explications. Vous allez voir, ce n'est pas très compliqué.

Ma mère naturelle s'appelait Thérèse, et elle est morte d'un cancer du foie quand j'avais trois ans. Elle était la cousine de Mamie.

Il paraît qu'elle souffrait aussi de gros problèmes d'alcool et de drogue. Mais c'était quand même une bonne mère, puisque, avant de mourir, elle a demandé à Mamie de s'occuper de moi.

Pour ce qui est de mon père naturel, qui se nomme Gilles Poirier, c'est un peu gênant d'en parler.

Lorsque Maman-Thérèse est morte, il était déjà en prison. Il avait pris vingt-cinq ans fermes pour un gros hold-up qui a mal tourné à cause de la mort du gardien de sécurité de la banque.

Même si, selon les témoins, c'est son complice qui a tiré, pour le juge qui s'occupait de son procès, ça n'a pas fait beaucoup de différence. Il a quand même condamné Papa-Gilles au maximum.

Peut-être que le juge était en colère parce que Papa-Gilles avait refusé de dénoncer son complice et de révéler où était caché l'argent du vol. Mamie dit que s'il ne s'était pas entêté ainsi et s'il avait collaboré avec la justice, ou au moins montré un peu de repentir, il aurait probablement eu une sentence moins sévère.

Mon père, Émile Bélanger, répète souvent que Papa-Gilles est un bon gars qui a eu le malheur de se laisser entraîner. Malgré la prison et la honte, il a gardé un petit peu le contact avec moi. Oh! rien de bien solide: deux ou trois fois par année, il m'envoie un petit mot.

Pour moi, comme pour tout le monde, ma vraie famille se trouve rue de Bordeaux, avec Mamie et son mari que j'appelle mon père. Si je dis que Claude est mon frère, c'est parce que, étudiant à l'université, il était encore à la maison jusqu'à l'année dernière. Avec moi, il s'est toujours comporté comme un grand frère, bons et mauvais côtés compris.

Quant à mes deux tantes, elles sont beaucoup plus âgées et n'ont jamais vécu avec moi. Elles étaient parties de la maison avant mon arrivée rue de Bordeaux. Pour ne rien vous cacher, elles ont même des enfants plus vieux que moi. En bonnes tantes, elles ne manquent aucune occasion de me gâter. Ce n'est pas moi qui vais m'en plaindre.

Je vous avais avertis que c'était moins compliqué qu'il n'y paraissait. De toute façon, c'est bien rare que je parle de

Maman-Thérèse et de Papa-Gilles à qui que ce soit.

Bon, tout ça pour vous dire que, après le discours de mon père, je commençais à me faire une idée de ce qui m'était arrivé la nuit précédente. J'avais tellement voulu voir le Grand Canyon que, par autosuggestion comme le prétend mon père, j'ai fini par me convaincre d'en rêver, ou un truc du genre.

Il n'y avait pas de sortilège ou de magie là-dedans. Cette explication me rassurait. Ce matin-là, c'était tout ce qu'il me fallait.

Mon rêve m'avait épuisé. J'ai passé la journée à me traîner les pieds. Ce soir-là, l'horloge indiquait à peine vingt heures que je m'écrasai déjà dans mon lit. Et pas question de tripoter ces fichues médailles! J'étais vraiment trop crevé.

Cependant, le vendredi et le samedi soir suivants, j'ai pris les médailles dans ma main gauche et mon courage dans l'autre. Ces deux nuits-là, j'ai visité la ville de San Francisco et La Nouvelle-Orléans.

J'ai bien aimé La Nouvelle-Orléans. Si le blues et le rock vous intéressent, je vous recommande de vous promener dans la rue Bourbon du vieux quartier français.

Ce n'est pas reposant, je ne vous dis que ça: de la musique à tue-tête et des vendeurs de hot-dogs et de tee-shirts à tous les coins de rue.

En tout cas, autosuggestion ou voyage astral, toujours est-il que le lendemain matin, je me réveillais crevé comme si je n'avais pas dormi de la nuit. Même que, dimanche matin, mon teint blafard inquiéta mon père.

— Pff! J'ai fait de drôles de rêves toute la nuit, lui ai-je répondu.

— Ça doit être le rôti de porc que ta mère nous a cuisiné hier. Ce n'est pas toujours facile à digérer, un plat comme ça.

Je ne l'ai pas contredit. Je ne voulais inquiéter personne. Et puis, tout de suite, j'imaginais les remontrances que Mamie m'aurait servies:

«Tu ne penses à rien... On ne parle pas aux gens qu'on ne connaît pas et, surtout, mon petit gars, on n'accepte jamais leurs cadeaux.» Et blablabla et tout le tralala.

N'empêche, me retrouver si fourbu après mes rêves me faisait peur. Je décidai de me débarrasser de ce collier avant de tomber en mille morceaux, épuisé.

J'eus beau essayer de l'ouvrir de toutes les façons, le fermoir semblait soudé; impossible non plus de le passer par-dessus ma tête, il était trop petit. Je suis allé dans le hangar fouiller dans le coffre à outils de mon père pour prendre ses vieilles pinces d'électricien. Là encore, impossible de cisailler la chaînette. Pourtant, ça avait l'air d'un truc bon marché.

Finalement, j'ai arrêté de tirer dessus avant de m'arracher la tête. C'est là que j'ai remarqué qu'il ne restait plus que trois médailles. J'étais pourtant sûr d'en avoir compté six quand la vieille sorcière me l'avait remis.

J'ai fouillé partout dans ma chambre, sous mon lit, dans mes draps, partout je vous jure. Je n'ai jamais retrouvé les trois médailles disparues.

Cette nuit-là, j'ai dormi les mains le long du corps, le plus loin possible de mon cou. Une drôle d'idée tournait dans mon cerveau: y avait-il un lien entre les trois médailles disparues et les trois voyages que j'avais faits?

Centre de Ressources
École Queen's Park
2512 - 4 St. N.W.
Calgary, AB T2M 2Z9

Chapitre III
Des nouvelles de loin

La semaine avait bien débuté à l'école. Pour une fois, on avait eu droit à un cours de maths un peu plus compliqué que la moyenne. J'aime les maths, mais je n'en parle pas aux gars et aux filles de la classe parce que ça fait téteux.

Donc, pour moi, ce lundi avait été une excellente journée. Lorsque je suis arrivé à la maison, j'étais de bonne humeur.

— Mon Jano, il y a du courrier pour toi.

Juste au ton de Mamie, je me doutais pas mal d'où la lettre pouvait venir. À part Papa-Gilles, il n'y a pas grand monde qui corresponde avec moi.

J'étais plutôt surpris. D'habitude, il ne m'écrit qu'à mon anniversaire ou à Noël, et ce n'était ni l'un ni l'autre. C'est vrai que de mon côté je ne lui donne pas beaucoup de mes nouvelles.

Mon père me dit toujours que je devrais le faire plus souvent, que le temps passe bien lentement en prison. En général, pour Noël, je lui dessine une carte dans laquelle, en quatre ou cinq lignes, je lui raconte que tout va bien.

Je ne sais pas pourquoi je n'en ai pas envie plus que ça. Ce n'est pas que je le déteste ou que je lui en veuille. Non, à bien y penser, Papa-Gilles n'est pas quelqu'un de si important dans ma vie.

C'est sûr que je suis le sang de son sang et tout le tralala. Mais, dans le fond, je pense à lui comme on pense à un oncle ou à quelque chose de semblable. Mon père, mon vrai, pour le vrai de vrai, c'est Émile Bélanger. C'est lui qui me prend dans ses bras, qui me console, qui m'éduque et c'est encore lui qui me gronde quand je l'ai mérité.

Et puis c'est avec l'argent qu'il tire de sa retraite de syndicaliste et celle de Mamie qu'on paie le loyer et l'épicerie.

Quand j'ai ouvert l'enveloppe, une photo est tombée. Je l'ai ramassée. On y voyait Papa-Gilles qui avait l'air assez triste, malgré un sourire.

Je ne sais pas de qui je tiens mon tour de taille. Il paraît que ma mère était toute petite et Papa-Gilles est plutôt du genre beau brummell athlétique à faire tomber toutes les filles. Ça, c'est ce que prétendent Mamie et mes tantes.

En tout cas, on ne peut pas blâmer mes parents pour ça. Mamie me fait toujours une tonne de carottes et de céleris pour mes collations et, avec mon père, pas question d'aller dans les restaurants de *fast-food*. D'après lui, ce sont des empoisonneurs et des exploiteurs. Ce n'est pas pour le critiquer, chacun a droit à ses opinions, mais des fois je le trouve pas mal fatigant.

Toujours est-il que, à l'intérieur de l'enveloppe, il y avait une vraie lettre et non une carte.

Pénitencier de Kingston
Mon fils adoré,
J'espère que tu vas bien. Tes parents adoptifs m'ont écrit une fois de plus pour me signaler que tu avais de bonnes notes à l'école. Je suis fier de toi. Il paraît aussi que tu aimes beaucoup lire. C'est très bien.

Bientôt, on va me transférer d'établissement et je vais me retrouver à Saint-Vincent-de-Paul, tout près de Montréal.

Une prison ou l'autre, ça ne changera pas grand-chose.

Tous les matins, je me réveille découragé en pensant qu'il me reste plus de dix ans à faire dans cet univers pourri. Des fois, je pense qu'il vaudrait mieux mourir que de supporter tout ça.

On t'a sûrement laissé entendre toutes sortes de choses pas très gentilles à mon sujet, qui sont probablement vraies, du moins pour la plupart. J'imagine qu'on va t'en dire d'autres.

J'aimerais que tu saches que, ta mère Thérèse et moi, on t'a toujours aimé, même si nous n'avons pas eu le tour. Trop empêtrés dans nos folies et nos propres malheurs, nous n'avons pas su te donner l'amour que tu méritais. Mais je me console en me disant que finalement la vie t'a apporté de bons parents adoptifs.

Je vais bientôt entreprendre un long voyage et tu comprendras que je ne pourrai plus t'écrire. Je crois que, en fin de compte, ce sera une bonne affaire pour tout le monde. Il vaut mieux que tu profites entièrement de ta vie avec les Bélanger et que tu oublies tes parents naturels, qui ne t'ont apporté que malheur et honte.

J'espère que les désagréments de mes dernières frasques seront vite pardonnés.
Papa-Gilles qui t'aime.

Que penser de cette lettre? Elle était si étrange et si différente des autres.

La plupart du temps, il me racontait des trucs comme quoi le séjour forcé en prison lui permettait de terminer son cours secondaire. Ou encore qu'il avait bien aimé son stage en ébénisterie et qu'il détestait au plus haut point son boulot à la buanderie du pénitencier. Vous voyez le genre?

C'est sûr, il ne m'a jamais déclaré raffoler de la prison. En fait, il ne me dit jamais grand-chose, deux trois mots dans une carte ou, exceptionnellement, une lettre de quatre à cinq lignes.

Après avoir lu cette lettre, j'étais tout de travers. J'y sentais de la tristesse. Non, pas tout à fait de la tristesse, mais plutôt du désespoir. Vous savez, quelqu'un qui n'en peut plus, quelqu'un qui en a par-dessus la tête de tout.

Et puis, qu'est-ce que c'était que cette histoire de voyage et de dernières frasques? De quoi s'agissait-il, au juste? Non, je n'aimais vraiment pas ça.

Je ne le voulais pas, mais je ne pouvais m'empêcher de penser aux adieux d'un futur suicidé.

Quelques semaines plus tôt, à l'école, on avait discuté du suicide. France, notre prof, nous a appris que les gens qui pensent à se tuer envoient souvent des messages à leur entourage.

Ils disent ou écrivent des choses comme: «Je vais bientôt partir pour un grand voyage», «Vaudrait mieux pour tout le monde que je sois mort», «Bientôt, je n'embêterai plus personne» ou «Je n'endurerai plus ça longtemps».

C'est ainsi qu'ils nous sortent tout un tralala d'affaires morbides qu'il nous faut décoder si on veut les aider. Là, je trouvais que ça y ressemblait beaucoup.

Peut-être que je m'énervais pour rien. Probablement que cette lettre parlait d'autre chose. Mais, de toute façon, cela n'annonçait rien de bon.

J'étais tout seul dans ma chambre à me torturer les méninges lorsque Mamie s'est pointée dans le cadre de porte.

— Alors, tu as reçu de bonnes nouvelles de Papa-Gilles?

Elle n'avait pas besoin que je lui réponde. Il lui suffisait de regarder mon visage pour comprendre l'étendue de mon inquiétude.

— Tiens, Mamie. Lis toi-même.

Ce qui est bien avec elle, c'est qu'elle ne cherche jamais à m'enrober la pilule de chocolat. Mamie me dit toujours ce qu'elle pense, désagréable ou pas. Elle a assez confiance en moi pour se le permettre.

— C'est vrai que c'est étrange.

— Crois-tu qu'il veuille se... se suicider?

— Holà! jeune homme! Il ne faut pas sauter aux conclusions trop vite.

À mon tour, il me suffisait de voir son visage pour me rendre compte que ça la troublait, elle aussi. Nous étions face à face, elle dans le corridor et moi dans ma chambre, et pendant une ou deux minutes ni l'un ni l'autre n'avons prononcé un mot.

Ma tête était vide. Je n'arrivais pas à formuler une seule idée. Mamie finit par rompre le lourd silence qui nous entourait.

— Sais-tu quoi? On pourrait rester là des heures à se poser toutes sortes de questions sans jamais trouver une seule réponse valable. À bien y songer, il n'y a qu'une personne qui pourrait nous éclairer sur tout ça.

— Qui?

— Bien... Papa-Gilles. Pourquoi ne lui écrirais-tu pas pour en discuter avec lui? S'il y en a un qui sait ce qui se passe, c'est bien lui.

— Voyons, Mamie! Ça ne se fait pas de demander à quelqu'un s'il veut se suicider! Ça n'a pas d'allure!

— Et pourquoi pas? Si c'est ce que tu crains, je crois que c'est la meilleure chose à faire. Admettons que nous nous soyons trompés. Eh bien, je suis sûre que Papa-Gilles se fera un plaisir de nous le faire savoir. Sinon, nous aviserons.

— Pourquoi tu ne lui écris pas, toi?

Elle s'est approchée de moi pour me passer la main dans les cheveux. Le bleu de ses yeux illuminait son sourire. Personne ne pourrait me contredire, c'est moi qui ai la plus belle maman du monde. La plus belle et la plus fine, même si elle est plus vieille que les autres.

— C'est à toi qu'il a écrit. C'est à toi de lui expliquer ce que sa lettre t'a fait.

Tu n'as qu'à lui parler de tes émotions comme tu es capable de le faire avec moi.

Ouais! Mais Papa-Gilles, ce n'était pas la même affaire. Avec Mamie, je pouvais tout raconter, ou presque, j'en avais l'habitude. N'empêche, elle est peut-être la plus fine, mais des fois elle aime ça me mettre dans l'embarras.

J'ai niaisé un petit bout dans ma chambre avant le souper. Après, j'ai fait mes devoirs. J'y ai mis plus de temps qu'à l'accoutumée.

Sans grande conviction, j'ai pris une feuille blanche et j'ai inscrit en haut, à droite, Montréal et la date. Une heure et demie plus tard, je n'avais réussi qu'à ajouter «Cher Papa-Gilles».

Pas fort, mon affaire!

De toute façon, c'était l'heure de me coucher. Je me suis dit que j'aurais sûrement plus d'inspiration le lendemain.

J'avais beau être fatigué, le sommeil ne voulait pas de moi. À force de ruminer pendant une heure ou deux des pensées noires, une idée brillante m'est venue.

Je me suis levé pour prendre la photo que Papa-Gilles m'avait envoyée. Si le truc de passe-passe avec les médailles de

la sorcière marchait pour les lieux, il était peut-être tout aussi efficace avec les gens.

J'ai pris les médailles dans ma main gauche en songeant très fort à Papa-Gilles. Rapidement, je me suis senti engourdi et, petit à petit, j'ai disparu dans le noir.

Chapitre IV
Voyage en noir

Je n'y voyais rien, c'était la nuit totale. En plus, ça puait, et pas juste un peu. Ça ressemblait pas mal à une collection de vieux souliers de course ou au vestiaire du gymnase de l'école après un match.

Quelque part, une voix agressive lançait une série d'ordres. Les mots m'arrivaient déformés, comme en écho. J'avais la nette impression qu'il s'agissait d'anglais. Je n'y pigeais pas grand-chose.

Une suite de flashes bleutés déchirèrent l'obscurité. Le néon se stabilisa et, sous l'éclairage violent, je découvris que j'étais dans une cage. Trois des murs étaient grillagés, tandis que le quatrième, en béton, était percé d'une porte en acier.

Devant la cage, située dans une longue salle en béton, une grande fenêtre aux vitres épaisses donnait sur une autre pièce qui ressemblait à un poste de contrôle. À l'intérieur, deux hommes en uniforme s'activaient et échangeaient des propos que la plaque de verre rendait inaudibles.

Je savais que je rêvais, c'est tout. Où étais-je? J'avais l'impression d'être tombé dans l'antichambre de l'enfer, où un machin aussi inhumain. Derrière moi, une série de bruits me firent sursauter. Buzzzz! Clack! Plock!

La porte d'acier s'ouvrit et laissa entrer trois hommes. De lourdes chaînes leur entravaient les pieds et les mains. Quelqu'un que je ne voyais pas aboya un ordre en anglais, et la porte se referma derrière les trois prisonniers.

Je mis quelques secondes avant de me rendre compte que le plus grand et le plus beau des trois était Papa-Gilles. Il n'avait pas l'air plus heureux que les deux autres. Ils étaient tous semblables à des bêtes dans l'enclos d'un abattoir. Un frisson me traversa des pieds à la tête.

Un long moment s'est écoulé, une heure, peut-être plus, sans qu'un mot soit échangé. L'air chaud et humide se chargea de la fumée âcre des nombreuses cigarettes brûlées par les trois hommes. Maintenant, je savais que j'étais dans le pénitencier de Kingston.

Papa-Gilles passa le plus clair du temps accoté dans un coin. J'aurais voulu lui parler. J'avais beau crier, il ne m'entendait pas. Quand j'ai essayé de le toucher, ma main l'a traversé comme elle l'aurait fait dans un nuage de fumée.

Pour une fois que j'étais à ses côtés, je ne pouvais même pas communiquer avec lui. Je trouvais ça pas mal frustrant. Évidemment, j'aurais pu quitter cette cellule lugubre et me promener à ma guise dans toute la prison. Les murs et les barreaux n'avaient pas d'importance pour moi.

Mais, entre vous et moi, une visite de pénitencier ne m'attirait pas vraiment. Je n'avais pas envie de jouer au touriste. J'aurais tellement préféré discuter avec Papa-Gilles. Dans le fond, lui et moi on se connaissait si peu.

Quatre gardiens apparurent dans la salle autour de la cage. Celui qui portait des galons jaunes sur les épaules vint se placer tout près des prisonniers. Après avoir donné un coup de pied dans le grillage comme pour les réveiller, il leur fit un discours qui dura cinq bonnes minutes.

Comme il parlait en anglais, je n'y compris pas grand-chose. À deux ou trois reprises, l'homme mentionna Québec et Montréal, il prononça aussi le mot «bastard» et un autre mot qui commence par f... dont Mamie ne veut pas que je me serve. Tout ça avait beau être en anglais, le ton sarcastique utilisé par le gradé ne m'échappa pas pour autant.

Un autre BUZZZZ!, accompagné d'un CLICK!, précéda l'ouverture d'une porte que je n'avais pas remarquée. Les trois prisonniers sortirent de la cage et, encadrés par les gardiens, enfilèrent un long corridor à leur droite.

Le bruit des chaînes raclant le plancher de béton résonnait à chaque pas qu'ils faisaient. On aurait dit des bêtes qu'on avait décidé d'emmener à l'abattoir. Il y avait là une violence sans éclat, ni coups ni sang, mais c'était quand même de la violence. Aucun être humain ne devrait avoir à vivre en cage.

Ils arrivèrent finalement dans un garage où les attendaient deux autres gardiens et une sorte de camionnette dont les vitres étaient partiellement aveuglées par des volets de fer. Toujours en silence, les détenus montèrent dans ce qui était un fourgon cellulaire. J'en fis autant.

J'étais enfermé avec les trois prisonniers dans un espace isolé aussi confortable qu'un wagon à bestiaux. Après une courte attente, le véhicule s'est mis à rouler.

C'est là que je me suis rappelé que, dans sa lettre, Papa-Gilles avait mentionné qu'il serait bientôt transféré de Kingston vers la région de Montréal. En tout cas, croyez-moi, pour faire un voyage dans de pareilles conditions, il vaut mieux ne pas être trop claustrophobe.

On a roulé ainsi pendant une bonne heure et demie. Le silence dans la camionnette et l'impossibilité de communiquer avec Papa-Gilles ou même de le toucher étaient sur le point de me rendre fou.

Il était peut-être temps de retourner à mon sommeil et à mon lit confortable de la rue de Bordeaux. À bien y songer, j'aurais préféré rêver à de belles choses comme aux montagnes Rocheuses ou aux baleines de Tadoussac. Qu'est-ce que j'étais venu faire là?

Soudain, un choc ébranla méchamment la camionnette qui se mit à tanguer de tous bords tous côtés, comme un navire en pleine tempête. Les jurons du chauffeur percèrent à travers les cloisons. J'ai pensé tout de suite qu'un autre véhicule nous avait frappés.

Au bout de quelques secondes et après deux autres chocs, la camionnette se stabilisa puis freina. Sur l'autoroute, les lourds camions qui nous dépassaient en grondant faisaient vibrer notre véhicule à intervalles quasi réguliers.

Papa-Gilles affichait un petit sourire en coin tandis que les deux autres prisonniers semblaient pas mal plus angoissés.

Alors, dehors, autour du fourgon cellulaire, des cris et des jurons fusèrent, mais en français cette fois. Ce que j'entendis n'était pas pour les oreilles d'un enfant, comme dirait ma tante Louise.

Après seulement une heure et demie de route, on ne pouvait pas être arrivés à destination. Qu'est-ce qui se passait?

En avant de la camionnette, dans le compartiment du chauffeur, un des gardiens se mit à hurler:

— *Don't shoot! Ho! please! God! Don't shoot!!!*

À ma grande surprise, au son de ces cris, les deux prisonniers qui accompagnaient Papa-Gilles se jetèrent par terre. Papa-Gilles fit comme eux, mais avec beaucoup moins d'empressement.

Puis, il y eut un bruit d'explosion. Même si je n'en avais jamais entendu, j'étais sûr qu'il s'agissait d'un coup de feu. Il y a eu aussi un fracas de verre et d'autres cris. Quelque part, quelqu'un pleurait. Toujours à plat ventre sur le plancher, un des prisonniers pris de peur fit pipi sous lui. Mon petit coeur pompait tellement que les oreilles voulaient m'éclater.

La porte latérale de la camionnette coulissa et une bouffée d'air frais vint chasser l'odeur d'urine et de peur qui régnait dans le compartiment cellulaire. Un homme portant une cagoule et armé d'un truc qui n'avait rien d'un jouet apparut dans l'embrasure.

— Envoye, Poirier! Grouille-toi! cria-t-il.

En moins de temps qu'il n'en faut pour le dire, Papa-Gilles se releva et, malgré ses chaînes, suivit le cagoulard. J'en fis autant. Les deux autres prisonniers restèrent allongés.

Dehors, dans la nuit noire et froide, un autre homme tenait en joue le chauffeur

et son collègue. L'un d'eux était étendu par terre, les mains sur la nuque, tandis que l'autre, assis sur la chaussée, s'appuyait contre une des roues de la camionnette. Ça m'a coupé les jambes, je ne pouvais plus avancer.

L'homme avait beau presser ses mains contre son visage, malgré tout, ça n'empêchait pas le sang de couler entre ses doigts. C'était épeurant, je vous jure.

Bien sûr, ce n'était pas la première fois que je voyais de la violence. Je me souviens encore quand, l'année passée, Jean-Louis avait donné un coup de poing au grand tata de sixième qui n'arrêtait pas de nous écoeurer. Il lui avait même cassé le nez. Ça avait fait tout un drame.

J'écoute aussi les nouvelles à la télé où on peut en voir de toutes les couleurs. Et puis, évidemment, il y a tous ces films avec du ketchup plein l'écran et tout le tralala des cascades et des BANG! BANG! J'avais beau me dire que ce n'était qu'un rêve, mais là, ça ressemblait trop à du vrai. Non, je n'avais jamais vu autant de violence.

Papa-Gilles s'est dirigé vers une grosse voiture américaine garée de travers devant le fourgon cellulaire. C'était sûrement ce véhicule qui avait frappé et immobilisé celui dans lequel j'étais embarqué avec les prisonniers. À ma grande surprise, il marcha devant le gardien qui saignait sans lui porter un seul regard.

En montant dans la grosse voiture, Papa-Gilles jeta un coup d'oeil vers le véhicule carcéral. Pendant un quart de seconde, je fus sûr qu'il me voyait. Mais son air indifférent me détrompa.

À côté de moi, le gardien blessé marmonnait toutes sortes de choses, comme s'il délirait. Comment Papa-Gilles pouvait-il rester de marbre devant tant de douleur, tant de violence? Ce fut plus fort que moi, je l'ai trouvé un peu moins beau que ce que j'avais toujours cru.

Non, ce n'était pas un rêve, ça avait toutes les apparences du cauchemar. Papa-

Gilles n'avait pas de coeur et le mien était brisé. Je ne voulais plus être là. Il fallait que je parte, que j'aille ailleurs, n'importe où, mais loin de là.

Les portières de la grosse américaine claquèrent, puis elle s'éloigna. Je restais là, paralysé sur le bord d'une autoroute bruyante au milieu d'une nuit qui devenait de plus en plus étouffante. Tout l'univers semblait s'effondrer.

La seconde d'après, je me réveillais tout en sueur dans mon lit. Dehors, l'aube illuminait à peine le ciel.

Ma première réaction fut de me dire que plus jamais je ne me servirais du cadeau à cauchemars de la sorcière du parc LaFontaine.

En prenant le collier à deux mains pour l'arracher, je réalisai qu'une autre médaille avait disparu. J'ouvris la lumière de ma chambre pour essayer de la retrouver dans mes draps ou sur le plancher, près de mon lit. En vain! Une fois de plus, une médaille s'était volatilisée sans laisser de traces. Il ne m'en restait plus que deux.

Chapitre V
Soulagement?

Comme vous vous en doutez, ce fut pour moi une autre journée éprouvante. J'avais l'impression de ne pas avoir dormi une seule seconde de la nuit. En plus, dans ma petite tête, ça roulait et tournait dans tous les sens.

D'abord, j'aurais bien aimé régler cette histoire de rêve. Est-ce que je faisais réellement un voyage astral chaque fois que je tripotais ces satanées médailles? Est-ce que les choses que j'y voyais et entendais arrivaient pour vrai? Ou bien tout ça n'était-il qu'un truc d'autosuggestion?

Est-ce que l'évasion de Papa-Gilles, avec toute cette violence, avait vraiment eu lieu? N'avais-je pas plutôt inventé cette histoire au plus profond de mon sommeil pour expliquer la lettre que j'avais reçue?

L'idée que Papa-Gilles veuille se suicider m'était insupportable. J'aurais préféré croire en n'importe quoi d'autre. Je suis sûr que vous auriez pensé comme moi si la même chose vous était tombée dessus.

En plus, cette manie qu'avaient ces médailles de disparaître après chacun de mes rêves me tapait sur les nerfs. Mais le pire c'était de revoir sans cesse le gardien assis par terre avec son visage ensanglanté.

Ce n'est qu'en début de soirée que j'ai commencé à relaxer en préparant le repas avec mon père et Mamie. J'ai encore de la difficulté à croire que ce n'était qu'hier.

Je coupais des poivrons rouges pour la salade tout en écoutant les informations sur la petite télé de la cuisine. Selon son habitude, à chaque nouvelle, mon père faisait ses commentaires désobligeants sur tel politicien ou tel autre.

Peu à peu, j'oubliais les folies de la nuit précédente et toutes mes questions. Je crois que mon père déteste tous les politiciens, et l'entendre rouspéter après eux me faisait du bien. C'était le signe que tout allait normalement dans la maison.

Mais il faut croire, comme dirait ma tante Micheline, que les astres ne s'alignaient pas à la perfection pour moi. J'ai failli me couper les doigts en voyant la photo de Papa-Gilles remplir l'écran. La voix du présentateur m'est entrée dans la tête comme un métro qui file à toute allure dans son tunnel.

«Gilles Poirier, un dangereux criminel, s'est évadé de façon spectaculaire la nuit dernière lors de son transfert du pénitencier de Kingston vers...»

Le sang dans mes veines se figea et devint aussi épais que de la mélasse. Mes oreilles se mirent à bourdonner tellement fort que je n'arrivais pas à tout saisir ce qu'on racontait à la télé.

«... La police n'a pour le moment aucune idée de l'endroit où pourrait se cacher le fugitif.»

Dans la cuisine, plus un son de casserole ou d'assiette. Mamie et mon père avaient, comme moi, les yeux et les oreilles rivés sur le petit écran. Mon père fut le premier à sortir de sa torpeur.

— Batêche de torvis de sapristi de fou! C'est sûr qu'il n'a pas pensé plus loin que le bout de son nez. Le voilà devenu un fugitif. Ça n'a pas de bon sens.

— Quel malheur! Quel malheur, mon pauvre petit Jano! a laissé échapper Mamie sur un ton découragé.

Petit! Je déteste ça lorsque Mamie m'appelle son «petit» Jano. Il y a bien assez qu'il me faille supporter les Ti-Jean de mes amis... J'ai beau insister, mais de temps en temps c'est plus fort qu'elle.

Là, pour être franc, j'avoue que, une fois passée la stupeur causée par le bulletin de nouvelles, le «pauvre petit Jano» a d'abord eu tendance au fond de lui-même à être content.

Premièrement, cela voulait dire que Papa-Gilles n'avait jamais songé à se suicider et que j'avais mal interprété sa lettre. Deuxièmement, il n'était plus en prison, cet endroit si sordide. Et, troisièmement, cette nouvelle signifiait en plus que mes rêves n'étaient pas qu'un truc d'autosuggestion, mais qu'il s'agissait réellement de magie.

Ouaou! De la vraie magie! Il n'y avait plus aucun doute possible: moi, Jean Poirier, j'avais en ma possession des médailles magiques. J'avais vraiment fait des voyages astraux. À mon cou pendait le cadeau d'une véritable sorcière.

Mais mon excitation se dégonfla assez vite... Toute la violence de mon cauchemar était pire que ce que j'avais imaginé, puisque ce n'était pas un cauchemar, mais la réalité. La nuit d'avant, sur la route entre Kingston et Montréal, j'avais vu pour le vrai un homme blessé au visage par un coup de feu... Et Papa-Gilles était impliqué dans cette horreur.

La joie et le dégoût se battaient dans ma tête, comme si j'avais voulu repousser toute la laideur en dehors de moi pour ne garder que les belles choses. La voix bourrue de mon père vint me chercher au milieu de ce combat qui me paralysait.

— Batêche de salsifis! Maintenant, n'importe quel flic va pouvoir le tirer à vue. Tu parles! Un gars reconnu coupable d'un meurtre durant un hold-up et qui s'évade en blessant un gardien de prison! À l'heure qu'il est, il n'y a pas un policier dans le pays qui ne rêve de se le faire. Maudite affaire! Il n'est pas mieux que mort!

— Voyons... Émile, calme-toi! Pense au petit, lui dit Mamie sur un ton de reproche.

Peut-être qu'il avait raison? Peut-être pas, non plus? Mais, c'est sûr, à cet instant-là, je faisais tout en mon pouvoir pour ne voir en Papa-Gilles qu'un héros de cinéma. Vous savez, de ces personnages de film qui s'échappent de l'enfer de la prison au mépris de tous les risques. Une espèce de Jean Valjean dans *Les Misérables*.

Mamie s'approcha de moi pour m'enlacer, prenant mon silence pour de la tristesse ou de la peur. Mais moi, je n'avais qu'une seule envie: aller me coucher avec les médailles pour rejoindre Papa-Gilles, le fugitif.

J'aimais mieux ne pas trop penser au gardien blessé ni au danger qui menaçait Papa-Gilles. Des fois, on trouve ça moins compliqué de se conter toutes sortes d'histoires plutôt que de regarder les choses telles qu'elles sont.

Durant tout le repas, auquel j'ai à peine touché, mon père n'a pas cessé de maugréer contre le système carcéral qui, d'après lui, transforme les hommes en bêtes sauvages. Et quand ce n'était pas contre la prison qu'il pestait, il s'en prenait à Papa-Gilles et à la grosse folie qu'il venait de faire.

— C'est fini pour lui. Il va passer le reste de sa vie dans l'illégalité à commettre crime par-dessus crime. Ou bien, si les policiers l'attrapent vivant, ils vont l'enfermer dans un cachot pour le reste de ses jours et jeter la clé au milieu du fleuve.

Pendant ce temps-là, Mamie essayait de calmer mon père qui en avait perdu l'appétit, mais pas la parole. Moi, de mon bord, je leur ai raconté que, la veille, j'avais rêvé que Papa-Gilles s'évadait.

Ça n'a pas eu l'air de les impressionner. Je pense même qu'ils ne m'ont pas cru. C'est vrai que je ne leur ai pas parlé de la sorcière du parc LaFontaine et de tout le tralala des médailles magiques.

Enfin, lorsque je suis allé me coucher, vous pouvez être sûrs que ça n'a pas traîné avant que je m'endorme avec les deux dernières médailles dans ma main gauche, celle du coeur.

Au début, j'aurais gagé avoir voyagé dans le temps. Devant moi s'élevait une espèce de château du roi Arthur avec ses donjons, ses tourelles et ses créneaux. Mais il n'y avait pas de pont-levis et en plus l'édifice était éclairé par des lumières électriques.

En fait, j'étais au bord d'une rivière, et sur la rive d'en face s'érigeait, au milieu d'un village, une imposante église néogothique. Je connaissais cette construction pour l'avoir vue dans un livre ou dans une brochure touristique. Cependant, à cet instant, je n'arrivais pas à mettre un nom dessus.

À quelques pas de moi, assis dans le noir sur une chaise de jardin, Papa-Gilles semblait en admiration devant l'édifice. Debout tout près de lui, un autre homme vida d'un long trait une canette de bière, puis rota.

— Écoute, mon Poirier, même s'il fait noir comme chez le loup, je ne crois pas que ce soit une bonne idée d'être dehors. Ta binette est dans tous les journaux et à la télé. Il vaut mieux trop de prudence que pas assez.

— Encore une minute. Si tu savais le bien que ça me fait de voir autre chose que la cour intérieure du pénitencier.

— Tu veux voir des beaux paysages? Accepte mon offre. Dans deux jours, on quitte Sainte-Anne, on fait notre coup, bien fait vite fait. Ensuite, on disparaît avec le magot dans un pays d'Amérique

du Sud où ils n'ont jamais entendu parler d'extradition vers le Canada.

Nous étions dans un jardin derrière un bungalow sur le bord d'une rivière. À ma gauche, dans un champ, malgré la nuit, je voyais une multitude de petites cabanes déposées là, plus ou moins en désordre. Elles étaient beaucoup trop petites pour être des maisons, mais elles avaient quand même portes, fenêtres et cheminées.

L'homme avait mentionné Sainte-Anne. Maintenant, je savais où nous étions: à Sainte-Anne-de-la-Pérade, pas loin de Trois-Rivières. Les petites cabanes que j'avais remarquées dans le champ étaient celles qu'on glisse sur la rivière gelée en hiver pour pêcher le fameux petit poisson des chenaux.

— Pierrot, comment ça se fait qu'il ne reste pas plus d'argent que ça du hold-up qu'on a fait ensemble il y a une dizaine d'années?

— C'est pourtant pas compliqué. Avec ce pognon-là, je t'ai payé un avocat pour ton procès. Et puis, te faire évader, ce n'était pas donné... Oublie ça. Viens dans la maison, je vais te montrer mes plans. C'est un coup facile: un camion blindé avec plus de deux millions de dollars en billets usagés. Voyons, Poirier! Tu ne peux pas laisser tomber une occasion pareille.

— Le problème, c'est que... C'est que je me suis juré de ne plus faire couler le sang et que je trouve que je suis bien mal parti.

— Je te le garantis, c'est un coup facile. Il n'y a pas de raison de tirer. Un des gardiens du camion blindé est avec nous, c'est mon informateur. Tout va bien se dérouler.

— Tu as dit la même chose il y a dix ans, et tu as vu comment ça s'est terminé.

— C'était il y a dix ans… Et puis ce sont les risques du... du métier de voleur de banques, ajouta-t-il sur un ton badin.

— Tu parles d'un métier...

— Poirier, ne fais pas le cave. De toute façon, tu as besoin d'argent. Suis-moi dans la maison, je vais t'expliquer l'affaire.

— Pff... tu as peut-être raison, laissa échapper Papa-Gilles en marchant derrière l'homme.

Moi, je ne les ai pas suivis. Je n'avais pas envie d'en savoir plus. Voilà! Papa-Gilles allait probablement faire un autre vol... C'était exactement comme mon père l'avait prédit: il allait passer le reste de sa vie à commettre crime par-dessus crime.

Malgré moi, je n'arrivais pas à oublier le garde de sécurité qui était mort dans ce maudit vol, pas plus que l'autre avec le visage plein de sang.

Petit à petit, la réalité reprenait ses droits. *Bye! Bye!* le beau héros romantique, pur et dur...

D'un autre côté, comme le prétendait le buveur de bière, peut-être n'avait-il besoin de commettre qu'un seul bon coup, avant d'aller couler une petite vie tranquille quelque part en Amérique du Sud.

Peut-être pas, non plus.

De toute manière, un hold-up est un vol et un vol est un vol, point à la ligne. Mais qu'aurait-il pu faire d'autre? Retourner bien sagement en prison?

Je sais, dans la vraie vie, les criminels sont censés être en prison. J'ai bien dit censés. Parce qu'on sait tous qu'il y en a qui courent les rues et qui ne seront jamais inquiétés.

Par exemple, mon père affirme souvent que tel ou tel sont des bandits. En plus, vous devriez l'entendre quand il tombe sur le dos des grosses multinationales. Pour lui, celles-là sont aussi des criminelles parce qu'elles n'hésitent pas à mettre en danger la vie et la sécurité de leurs travailleurs pour faire quelques sous de plus.

En tout cas, c'est ce que pense mon père, et même mon frère Claude qui pourtant n'est pas syndicaliste et tout le tralala.

Moi, ce qui me dépasse, c'est que certaines personnes qui font des choses pas correctes vont en prison tandis que d'autres y échappent. Est-ce que vous comprenez ça, vous autres?

Mais est-ce que le fait qu'il y ait des voleurs impunis donne le droit à Papa-Gilles de mal agir à son tour? Oh là là, c'est compliqué tout ça! Chose certaine, j'aimais mieux ne pas en savoir plus sur ses projets. Qu'est-ce que j'aurais pu y changer?

Je sentais la fraîcheur de la nuit, mais ce froid-là ne me dérangeait pas. Le bruit de la rivière me berçait.

Juste avant de m'endormir, je me suis dit qu'au réveil il ne me resterait plus qu'une seule médaille. Avec cette dernière, je devais oser, faire quelque chose de fou, de complètement sauté. Aller sur la Lune ou Mars, oublier Papa-Gilles, être le premier humain à marcher sur Io, un des satellites de Jupiter.

Conclusion

Ce matin, au petit-déjeuner, je n'avais pas tellement d'appétit. Mon père avait son air d'ours mal léché et, lui aussi, tripotait son oeuf sans grande conviction.

— Tu n'as pas faim, Émile?

— Pas vraiment. J'ai mal dormi. L'histoire de Gilles m'a tracassé toute la nuit.

— Moi aussi, Mamie... J'ai... peur...

— De quoi as-tu peur, mon Jano?

— Je ne sais pas trop au juste. Ce n'est peut-être pas bien de dire ça, mais je suis content que Papa-Gilles ne soit plus en prison. J'aimerais mieux qu'il n'y retourne jamais. Et puis, je ne voudrais pas qu'il fasse d'autres vols ni qu'un policier le tue.

— Eh bien! Mes hommes sont dans un drôle d'état ce matin. Je te comprends, Jano. Moi non plus, je ne souhaite pas le voir retourner en prison. Mais, par ailleurs, c'est lui qui a mal agi, qui a commis un crime…

— Voyons! mon amour, pourquoi lui

plus qu'un autre... Des criminels, il y en a plein qui…

— Émile, ne complique pas les affaires. Laisse tomber ton discours de vieil anarchiste révolté, veux-tu? Le petit est assez mélangé comme ça.

Quand Mamie traite mon père de vieux révolté, ça l'enrage chaque fois. Je voyais bien, au rouge de son visage, que mon père faisait de gros efforts pour ne pas éclater.

La sonnette de l'entrée est venue mettre un terme à l'orage qui s'annonçait. Ça faisait mon affaire. En tout cas, c'est ce que je me suis dit à ce moment-là.

— Batêche! Qui c'est qui vient sonner à cette heure-ci? a grogné mon père.

Mamie s'est levée pour répondre. Mon père et moi, on l'a suivie.

À travers le rideau de la porte, je voyais deux hommes et, même s'ils n'étaient pas en uniforme, j'ai tout de suite deviné qu'il s'agissait de la police. J'aurais voulu être ailleurs, n'importe où, sur Io par exemple.

— Bonjour, madame. Nous sommes les sergents-détectives Plante et Lamoureux. Nous aurions quelques questions à vous poser au sujet de Gilles Poirier.

— Vous ne croyez quand même pas qu'il se cache ici, a lancé mon père sur un ton de défi.

— Écoutez, monsieur, nous savons que vous êtes parents avec lui. Pour vous, c'est peut-être un gentil cousin. Mais pour nous, et pour le reste du monde, il s'agit d'un dangereux criminel en fuite. C'est un homme qui est aux abois et qui représente un risque élevé pour la société. Est-ce que nous pouvons entrer?

— En fait, nous désirons surtout parler avec monsieur Jean Poirier, a précisé l'autre sur un ton un peu plus aimable.

Mamie, sous l'oeil réprobateur de mon père, les fit entrer dans le salon. Tous les deux s'assirent côte à côte sur le grand divan. Mamie prit son fauteuil Queen-Ann qu'elle adore et mon père resta debout, les bras croisés, accoté contre le cadre de porte.

Moi aussi, j'étais debout, tout simplement parce que je ne savais pas où me mettre. Celui qui avait l'air le plus gentil des deux s'est penché vers moi:

— C'est bien toi, Jean Poirier?

— Euh... Oui, bien sûr, c'est moi.

— As-tu eu des nouvelles de ton père dernièrement?

— Des nouvelles de mon père? J'en ai tous les jours. C'est lui mon père, ai-je dit en lui indiquant Émile Bélanger.

Puis j'ai ajouté sur un ton provocateur:

— Si vous voulez de ses nouvelles, vous n'avez qu'à lui en demander.

Ça les a sciés tous les deux. Ils se sont regardés et je ne pouvais lire que de l'incompréhension sur leur visage. J'étais fier de mon coup. Pour répondre du tac au tac, j'étais allé à la bonne école avec mon père.

— Jano d'amour, va donc chercher la lettre que tu as reçue de Papa-Gilles. Fouille partout, prends ton temps.

Le message était clair. Mamie voulait avoir un petit moment avec les policiers. J'étais à peine rendu dans ma chambre que le ton de la discussion s'éleva, en avant. La lettre traînait encore sur mon bureau, mais j'ai malgré tout attendu cinq bonnes minutes que ça se calme avant de retourner au salon.

— Jano, il ne faut pas que tu aies peur de ces messieurs. Tu n'as qu'à leur dire la vérité et tout se passera bien.

— Mamie a raison. Et reste poli. Ça ne te fera pas de tort, m'a averti mon père.

Dire la vérité! Toute la vérité? Elle était bonne celle-là. Je n'avais pas vraiment envie de dire toute la vérité. Et d'abord, est-ce qu'ils m'auraient cru?

Comme un film, ça s'est mis à défiler dans ma tête: les «grosse poire» de Jean-Louis, le parc LaFontaine, le petit minou Berrrnar Berringgg, la sorcière, les médailles, le Grand Canyon, La Nouvelle-Orléans, le pénitencier, l'évasion et Sainte-Anne-de-la-Pérade... Tout le tralala, quoi!

Pendant ce temps-là, les deux policiers se tapaient la lettre de Papa-Gilles.

— Depuis cette lettre, tu n'as pas reçu d'autres nouvelles de ton... euh, ton... de ton Papa... Gilles?

Je me suis déjà retrouvé dans le bureau du directeur de l'école pour une connerie que j'avais faite. Là, c'était un million de fois pire. J'aurais voulu disparaître. J'étais incapable de m'imaginer en train de dénoncer Papa-Gilles, d'avouer à ces policiers où ils pouvaient le trouver.

— Euh... Non... Non, je ne sais pas où il est... Pourquoi je saurais ça, moi?

Je suis bien bon dans toutes sortes d'affaires, mais pour les mensonges, j'ai encore des croûtes à manger. Juste à voir l'air

perplexe des policiers, je me suis rendu compte tout de suite que je n'avais pas réussi à les convaincre de mon ignorance.

Pire encore, maintenant ils se doutaient que j'en savais plus que je n'en racontais. Même mon père semblait troublé. Je n'ai pas eu le courage de regarder Mamie.

— Écoute, mon Jean, a commencé le plus bourru des deux, si tu es au courant de quelque chose, il faut que tu nous le confies.

L'autre s'avança sur le bord du divan avant de prendre la relève de son collègue.

— Tu es sûrement assez grand pour comprendre ce que j'ai à te dire. Sais-tu que le gardien de sécurité qui a été assassiné il y a une dizaine d'années avait une femme et deux enfants... Ils s'ennuient beaucoup de lui, aujourd'hui. Et l'autre, le garde qui a été blessé durant l'évasion, les médecins ne savent pas s'ils vont pouvoir sauver son oeil droit.

Oui, oui, c'est vrai, Papa-Gilles n'a pas fait que des bonnes choses dans sa vie. Ça, je le comprenais.

— Un gars comme lui, reprit-il, c'est en prison qu'il doit être. Ce n'est pas seulement pour le punir. C'est aussi pour protéger les citoyens innocents des dangers qu'un criminel dans son genre peut leur faire courir.

— Si tu te tais et que tu sais quelque chose, tu deviens complice, toi aussi. Imagine qu'il tue quelqu'un d'autre. Comment pourrais-tu vivre avec ça sur ta conscience en sachant que tu aurais pu empêcher un meurtre? ajouta l'air bête des deux sergents-détectives.

— Oups!... On y va mollo. On ne bouscule pas le petit, ou sinon on revient avec un mandat, les a menacés mon père.

Là, je vous jure que je préférerais mille fois m'arranger avec Jean-Louis et ses niaiseries de «grosse poire»... Mais, pour mon plus grand malheur, je suis debout devant ces deux policiers. Et ça brasse pas mal fort dans ma tête.

C'est évident, je ne voudrais pas être complice d'un meurtre. Mais rien ne prouve que Papa-Gilles va en commettre un autre, même si je sais très bien qu'il s'apprête à participer à un vol armé.

Comme mon père, je suis contre la prison, mais je suis aussi contre la violence, toutes les sortes de violence: la prison, le vol, les coups qui tuent ou qui blessent et même crier des bêtises au monde.

Ma conscience! Ma conscience! C'est certain qu'elle aurait de gros problèmes si Papa-Gilles tuait quelqu'un. Mais j'aurais tout autant de misère à vivre avec l'idée que, à cause de moi, il se retrouve en prison. Et puis, en voulant l'arrêter, les gendarmes pourraient bien finir par le tuer. Ça s'est déjà vu... Je serais encore moins capable de vivre avec ça.

Oh là là! Que c'est compliqué.

Pourquoi faut-il que tout ça me tombe dessus? Maudites médailles! Pourquoi ce serait à moi de moucharder Papa-Gilles? J'aimerais bien mieux savoir qu'il est quelque part en Amérique du Sud en train de finir ses jours tranquillement.

Qu'est-ce que je dois faire?

Est-ce que je dois indiquer à ces policiers où trouver Papa-Gilles ou me taire?

Moi, c'est ici que j'arrête mon histoire parce que maintenant je dois absolument me décider. Mais, dans tout ça, une chose au moins est claire pour moi: quoi que je fasse, ni Mamie ni mon père ne vont me blâmer pour ma décision, quelle qu'elle soit.

De ce côté-là, je suis bien chanceux.

Table des matières

Introduction 9

Chapitre I
Les préparatifs 15

Chapitre II
Premier départ 27

Chapitre III
Des nouvelles de loin 43

Chapitre IV
Voyage en noir 55

Chapitre V
Soulagement? 69

Conclusion 85

Achevé d'imprimer
sur les presses de Litho Acme inc.